浮光掠影

贡发芹 著

时代出版传媒股份有限公司
安徽文艺出版社

图书在版编目（ＣＩＰ）数据

浮光掠影/贡发芹著. —合肥：安徽文艺出版社, 2024. 1
ISBN 978-7-5396-7867-2

Ⅰ. ①浮… Ⅱ. ①贡… Ⅲ. ①诗集－中国－当代
Ⅳ. ①I227

中国国家版本馆 CIP 数据核字 (2023) 第 216952 号

出 版 人：姚　巍
责任编辑：张　磊　　　　　　　　　装帧设计：褚　琦
···
出版发行：安徽文艺出版社　　www. awpub. com
地　　址：合肥市翡翠路 1118 号　　邮政编码：230071
营 销 部：(0551)63533889
印　　制：合肥创新印务有限公司　(0551)64456946
···
开本：880×1230　1/32　印张：5.5　字数：80 千字
版次：2024 年 1 月第 1 版
印次：2024 年 1 月第 1 次印刷
定价：28.00 元
···

目　录

世路俯仰

天地追悟

日月怀想

自　序

己亥年仲秋，我的诗集《轻描淡写》面世。本想继续轻轻地描，淡淡地写，但几个月后，席卷全球的新冠疫情突然爆发，来势凶猛，人人都陷入恐慌、焦虑之中，我自然也不能置身事外。心绪剪不断，思路理还乱，轻描无心情，淡写无趣味，一切都只能浮光掠影了。

谁也没有料到，疫情竟然持续三年。其间，我的工作、生活、学习、交往，全乱了。孤独与无助相伴，无奈与失落同行。我觉得自己的人生是每况愈下，远方越发遥远，诗心也越发淡漠。所幸我还没有忘掉自己是长期为生存而不停奔波的一介书生。

这些年来，写诗的人急剧增长，大众都读不懂的诗更是越来越多了。这是诗歌的悲哀。我喜欢写些姑且称之为诗的分行的文字，但始终默默无闻，鲜为人知。我知道成不了诗人,更成不了著名诗人,索性走马观花,蜻蜓点水,浅尝辄止,不求甚解。无意插枝,欣见嫩芽;信手采芹,喜获薄益。收之为集,取名《浮光掠影》,正好契合实际。

《浮光掠影》中的诗属于潜意识下目光偶尔一瞥,印象模糊,缺少深远的意境;是无意间心念随意一闪,感觉肤浅,缺少深沉的底蕴。但情是真的,意是切的,道是直的,理是明的。字面上尚有理解的空间,内涵上也有回味的余地,既有明快的节奏,也有轻松的韵律,文从字顺,言简意赅,意象凝练,节奏和谐,短小精悍,明白晓畅,合辙押韵,朗朗上口,形式上、内容上都还是具备诗歌的基本要素和应有特质的。虽然有些诚惶诚恐,不够自信,但我还是执意将诗集《浮光掠影》付梓。

我只是一名普通的诗歌爱好者。我能做到的就是立足生活,立足现实,立足时代,实实在在,真真切切,坦坦荡荡,力争清晰一些,明朗一些,直率一些,尽量留点痕迹,闪点光亮,着点色彩。这就是诗集取名《浮光掠影》的原因。

《浮光掠影》虽然没有浓浓的咖啡那样回味悠长,但至少是一杯淡淡的清茶,抿两口还是可以解点渴的。

这里没有秦时明月、汉时雄关,没有大漠孤烟、长河落日,没有胡天飞雪、瀚海阑干,没有青海长云、玉门羌笛,只有耳中的微风、眼里的余波,只有脚下的泥土、身上的尘埃。我熟悉,你也熟悉。

这里没有灵异,没有梦魇,没有魔幻,没有荒诞,只有平凡,只有实在,只有真挚,只有虔诚。我坚守的,你也在坚守。

过去的,只能浮光掠影。竭诚欢迎方家不吝赐教,指点迷津。

是为序。

2023 年 10 月 8 日

故园回望

诗在心中的故乡

乘着年轻的时光
我跨上骏马风驰电掣驶离故乡
马蹄急我心更急
一往无前恣意飞扬
听说远方春意荡漾
但我始终没能走进意象
诗在哪儿
诗在梦中的远方

伴着苍老的夕阳
我牵着瘦马摇摇晃晃赶回故乡
我脚沉马蹄更沉
一路彷徨频频回望
归程已经山高水长
但我还能记得故乡的模样

诗在哪儿

诗在心中的故乡

2020 年 9 月 8 日

故园心结

故园的春雨一直在下
下成了缠绵悱恻的心事
故园的寒雪一直在飘
飘满了苍凉寂寥的发际
故园的青蛙仍在稻田歌唱
你在远方是否依然熟悉
故园的蜻蜓仍在枝头飞舞
你在远方是否始终惦记
故园情依旧
远方可有诗
天南地北
有诗就无距离
山高水长
有诗就能穿越
你的故园是远方

远方的雨雪多乡思

我的远方是故园

故园的风花多追忆

青春岁月虽已过去

温馨记忆仍然清晰

粉嫩的时光已悄悄流逝

甜美的笑声还常常响起

秋水润旧赋

秋风吹新笛

夜来雨雪至

梦中好吟诗

2021 年 6 月 27 日

故园风物志

门前的小树
是一支熊熊燃烧的火炬
树下的小路
是一行清晰流畅的篆刻
路边的小草
是一首生机盎然的唐诗
草旁的小河
是一弯明净清透的新月
河畔的小山
是一方垫稳脚跟的碑石
山顶的小雨
是一回新颖别致的传奇
雨中的小风
是一世自由自在的惬意
风里的小花

是一颗温馨馥郁的汗滴

花上的小虫

是一汪波澜恣意的血迹

虫间的小唱

是一支荡气回肠的心曲

......

我是风物中一颗普通的沙砾

骨头里满含钠元素和铁分子

只有回归乡愁四溢的泥土中

灵魂才能踏踏实实

2021 年 10 月 2 日

故里杨套

淮右最后的巨川为九曲池河

池河飘逸的裙衩美名曰女山湖

女山湖温柔的手臂挽着自然村落杨套

杨套就是我魂牵梦绕的故里

经我再三再四地虔诚考证求索

花开花落可能只有两三百个岁月

缘于父母青春时代的崇高选择

我毫无悬念地生于斯长于斯

缘于远方神圣庄严的呼唤

我百般不舍又不得不毅然离开这里

斗转星移

门南的清溪早就枯竭

沧海桑田

窗西的老井久已坍圮

冬去春来

村北的弯枣树不再开花结果

云消雨散

庄东的桃花坞只有芳草萋萋

燕子仍然执着衔泥

但无梁棒奠基

知了依旧任性高歌

尽管纵横捭阖

欢声笑语

来自儿时清晰的记忆

鸡鸣狗吠

都成梦中生动的情节

亲切的味道

已了无踪迹

温暖的感觉

已随风飘逝

物资虽然匮乏

但有生动奇妙的故事弥补

经常能够心满意足

日子虽然艰难

但有无上崇高的梦想修饰

从来不缺快乐幸福

过去,穿梭在杨套庄子中

没有人思考生命怎样开局

现在,杨套珍藏在心坎里

很多人询问未来的归宿

夜阑人静之时

天神一再拷问大地

杨套即将从人们的视线里消失

那沉甸甸的乡愁最终安放何处

2020 年 5 月 24 日

遗落的红枣

故园的庄后有几株弯枣树
每年秋后枝头都有遗落的红枣
深深隐藏在黄叶的身后
小时候我无意间发现
心会一直怦怦跳
费尽心思打落
甜得浑身皮肤都在欢笑
今秋枣树还立在残垣之后
准确地说已是几株野枣树
树梢的几颗红枣格外惹眼
似乎在等待挑食的飞鸟
我捡起地上一颗红枣仔细品味
满嘴都是荒凉和寂寥
一样的故园红枣
不一样的故园味

2019 年 9 月 20—21 日

明月哪里有

秦时明月

悬在蜿蜒延伸的万里长城上

悬在父母滚烫的胸膛

汉时明月

挂在陡险清冷的边关

挂在闺人温暖的心间

李白的明月

床前醉卧

早已忘记故乡的模样

苏轼的明月

宫中迷离

早已厌倦思念的分量

杜甫的明月

仍然明亮如初

但故乡却是满地寒霜

欧阳修的明月

还在柳梢晃悠

人却流连在虚拟的网上

长安一片月

征人都怀乡

万户捣衣韵悠扬

碧空垂孤月

羁旅独彷徨

雪中寒梅分外香

月月依然有明月

几个游子归故乡

明月月月升海上

天涯此时谁在赏

月月明月松间照

清泉石上叮咚响

明月哪里有

我心亮堂堂

2021 年 9 月 23 日

记忆醇香

没能在风和日丽的季节
与你携手分享春光
没能在花好月圆的时候
与你结伴欣赏诗章
等待与追寻若不曾相遇
良辰与美景将遗落梦乡
错过的往往是最美的时光
得到的常常是醉人的忧伤
耕耘没有收获
皆因人生无常
开花没有结果
都是天意失当
回首初始
天蓝地朗
遥望未来

山高水长

岁月无情流逝

记忆依然醇香

2020 年 9 月 9 日

孤　独

没有儿童来洗澡摸鱼
庄前的池塘一片孤独
没人女人来捣衣洗菜
池塘边的捣衣石一片孤独
我一个人坐在捣衣石上
静静地品味故园的孤独
最终我默默地离开了这里
但留下了往昔岁月的孤独
不知池塘与捣衣石是否
最终全部接受了我满心的孤独

2023 年 5 月 4 日

诗　禅

天有多高
一首诗的经度
地有多迥
一首诗的纬度
大海有多辽阔
一首诗的幅度
草原有多广袤
一首诗的尺度
远方有多远
一首诗的间距
梦想有多美
一首诗的花语

心中有诗
山长水阔都能平步

心中有诗

坎坷崎岖都是坦途

心中有诗

苦涩年华亦有温度

心中有诗

信仰丰碑最具高度

心中有诗

九万里风鹏正举

心中有诗

五千年青铜起舞

心中有诗

脚下有路

心中有诗

青春永驻

2019 年 10 月 2 日

角　度

每次经过树下
我都会抬头仰视
它很高大
始终令我望而生畏

一次登上高楼
偶尔俯视楼下大树
它很渺小
甚至显得极其卑微

我思索了很长时间
好像才明白
这就是角度

2020 年 6 月 12 日

清　明

在亲人安眠的家园
虔诚地恭奉上一沓沓冥钱
把我们的思念化作缕缕青烟
让亲人在青烟中感知我们的思念
虽然亲人与我们天各一方
但亲人依旧活在我们的心间
虽然亲人与我们永不能相见
但血脉始终相连

在亲人安眠的家园
庄严地敬献上一排排花篮
把我们的心愿撒满花瓣
让亲人在鲜花中感知我们的心愿
虽然分别时间渐渐久远
但亲人的音容笑貌清晰依然

虽然亲人与我们阴阳异处
但亲情永远无法被隔断

年年清明如此
如此清明年年
不知亲人可曾思念我们
我们始终珍藏自己对亲人的思念

2019 年 4 月 5 日初稿
2022 年 3 月 31 日修改

往　返

那年沿着狭窄曲折的羊肠道
我艰难地走出村庄
我走出时牵挂着许多熟悉的目光
我的心里春风荡漾
四面八方都是向往

而今顺着宽广通畅的柏油路
我顺利地重返故乡
我重返时偶遇个别陌生的面庞
我的心里风凄雨凉
天地日月只剩迷茫

虽然浪迹天涯
灵魂并未走出儿时村庄
即使远涉重洋
身心仍然留在梦中故乡

2020 年 7 月 18 日

位　置

小草伫立山顶
也是世人眼里的英雄
大树独处山涧
也与沙砾一样普通
决定一个人今生的高度的
是你脚下的山顶
离开你所处的位置
你将一文不名
决定一个人历史的高度的
是你真诚的贡献
你做出了贡献
你才青史留名
得意的小草一岁一枯荣
失落的大树四季都常青

2020 年 6 月 23 日

那棵大树

我经常经过那棵大树身边
那棵大树始终高大挺拔威严
它的坚贞远远胜过它的刚毅俊颜
我对它的崇敬日复一日年复一年
偶有一次，我亲眼看见
那棵大树在狂风中摇来摆去
那棵大树在暴雨下战战栗栗
原来大树还有另外一面
从此我开始怀疑我明亮的双眼
事物最真实的信息都隐藏在灵魂深处
没有人能够轻而易举地发现

2020 年 6 月 15 日

修　炼

倒骑牛背

白云蓝天

绿水青山

诗情就在眼前

横吹牧笛

清风明月

好雨彩虹

画意就在身边

直视当下

我们一直在向往前方的深远

我们始终在憧憬未来的庄严

我们不知道自己就是神仙

漫步故园

不闻鸡鸣

不闻鹅欢

诗情只在梦里忽隐忽现

徘徊村头

不见浣衣

不见炊烟

画意只在眼底亦真亦幻

追念往昔

我们一直在渴慕儿时的平淡

我们始终在品味儿时的清欢

我们才知道人生就是修炼

看山就是山

看山不是山

祈盼只在心间

看山不是山

看山就是山

真意唯在忘言

2021 年 8 月 1 日

同　感

那些年
我们可以翻越更多的高山
我们可以横穿更大的草原
但我们并不太在意这些
经常面对蓝天白云发呆
总觉得人生有的是机缘

而今
我们临近高远却双脚打软
我们临近广大却举步维艰
然而我们依然渴望成功
经常身陷困境无助挣扎
才知晓人生总是难以如愿

旭日中

没有人懂得珍惜华年

夕阳里

所有人都在徘徊流连

2020 年 5 月 1 日

关　注

绵延无边的森林

可能不在大家的眼中

荒原上的一株小树

也许会永远屹立在我们的心上

心中没有你

再高的山峰也是平地

心中惦着你

再远的空间也不是距离

2019 年 9 月 21 日

我和孩子们

我拥有从前
从前让我引以为豪
我不但认识小麦
还认识水稻
我不但认识山芋叶
还认识南瓜苗
我不但认识土豆
还认识辣椒

孩子们拥有现在
现在是孩子们的骄傲
他们不但认识微信群
还认识抖音号
他们不但认识二维码
还认识支付宝

孩子们不懂我的世界
泥土是生命的养料
我不懂孩子们的时空
网络是追梦的法宝

我有我的思考
离开自然生态
人类没有康庄大道
孩子们有孩子们的探讨
走入虚拟空间
发现生活多彩奇妙

2021 年 1 月 16 日

我们与高山

站在山底

山高我千米

立在山脊

山矮我七尺

目光短浅

土丘也得仰视

胸怀世界

高山也是平地

把别人当作高山

自己永远都是沙砾

把高山踏在脚下

高大的就是我们自己

只有自励才能拥有自信

只有自信才能更好自励

身外有高山

心中有威仪
再高的山高不过人的脚趾
再远的路远不过人的意志
立足高山
无限风光尽收眼底

2021 年 3 月 8 日

风中景象

风越来越大
大树业已不停摇晃
小草怎能挺直脊梁

风越来越大
高山已是满目沧桑
低谷何以神采飞扬

风越来越大
鲲鹏不再任性翱翔
山雀怎可放声高唱

风越来越大
风中花蕊难以保持自我芳香
风中微尘无法选择自己方向

2022 年 1 月 5 日

那朵莲花

那朵莲花正在应时盛开
纯洁如少女的情怀
那朵莲花正在期待四季盛开
庄严如娲皇的神采
那朵莲花正在期盼世代盛开
神圣如日月常在
那朵莲花正在梦想永恒盛开
崇高如天地灵台
但表象无论如何华美
都不能把实质永久掩埋
观音不能救世
如来不是主宰
谎言滋养的宏愿
终成历史的尘埃

2022 年 1 月 1 日

清　泉

清泉自山上来
甘甜爽口解渴
清泉流向山下
去向是流逝

行者自山下来
坚毅矢志不渝
行者向山上攀
目标是胜利

行者在清泉下时
没有在意清泉
行者跨过清泉时
开始想念清泉

司空见惯

熟视无睹

距离越近越容易忽略

距离越远越懂得珍惜

2019 年 8 月 13 日

真　相

烈日下
河面热气腾腾
但河底的静水一直清凉

寒风中
江面结满厚冰
但冰下的江流仍在涌动

有时
我们心中的自己
也不一定是真实的自己

2021 年 11 月 15 日

四　季

春风已将万物唤醒
寒冷只好化为灰烬
悄悄蛰伏泥土之中

夏雨刚将万物丰盈
春花早已满地凋零
纷纷迷失方向归程

秋霜才将万物浸润
绿意始向枯黄靠近
念念不忘昔日旺盛

冬雪再将万物封存
果香随即隐瞒行踪
慢慢回味耕耘艰辛

四季更迭

万物枯荣

斗转星移

万物灵应

2020 年 8 月 3 日

漫步细雨

虽是盛夏
但今晚感觉不到暑热
林间的气温恰好
只有二十五摄氏度上下
不高不低,不冷不热,很宜人
曲径清风徐徐,三四级的样子
不大不小,不紧不慢,很柔爽
水畔的垂柳似动非动,很安静
稀朗的路灯不明不暗,很朦胧
浅浅的夜色似幻非幻,很梦幻

天空中飘着细雨
细雨蒙蒙,蒙蒙细雨
细若银丝,密如牛毛
不厚不疏,润泽清凉

细雨落在脸上身上,非常凉爽

心田脑海,非常惬意

细雨下个不停,但不会湿透衣服

真是恰到好处

远处霓虹闪烁

近处波光荡漾

广场音乐低迷

公园人头攒动

漫步南湖细雨之中,漫步细雨之中南湖

心中有说不出的感觉

斗室与世界

一个人局促在斗室里

始终向往外面的世界

外面有无限的自由

外面有缤纷的七彩

游走一天很落寞

没有人在乎你的疲乏

天黑下来更孤单

心中的渴念无人理解

回到斗室倍觉温暖

斗室虽清寂但没有雾霾

回到斗室倍感安全

斗室虽狭小但尽管徘徊

再大的世界都是众人的斗室

再小的斗室都是个人的世界

外面不都是精彩

斗室也能自由自在

2021 年 3 月 28 日

寂寞的荒原

跋涉在空旷的荒原上
只有清风伴我行吟
实在忍不住
就右手紧握左手
自己慰藉自己
也充满了温馨
一个人奔跑并不孤单
沉睡的草木
都会被我唤醒
没有同道并不寂寞
冲着远山大吼一声
定会得到回应
然而面对大千世界芸芸众生
我始终有一个疑问
我早已读懂了荒原上的草木
为什么还没有读懂世道人心

2021 年 5 月 30 日

地上的路，心上的路

其实地上本没有路
走的人多了
也便成了路

其实心中都有许多路
不想坚持走下去了
也便没有了路

再荒芜的地方
有人走过
也便有了道路

再宽广的道路
没人走了
也便成了荒芜

荒芜成为道路
是一段披荆斩棘的过程
道路回归荒芜
是一个安于现状的归宿

地上的路在心上
心上的路在地上

2022 年 4 月 25 日初稿
2022 年 5 月 11 日定稿

世路俯仰

诗人的选择

寒凝大地
冷风无孔不入
我不敢当众自称诗人
那会遭到更大的冷遇
身无长物
无法抵御寒意突袭
最佳选择
躲到寂寞的角落里
用心思编织几缕诗絮
聊以温暖自己

2021 年 1 月 3 日

生活与诗歌

生命必须延续

每天不能没有柴米

灵魂必须慰藉

每天不能没有诗酒

机体运转依赖柴米

有了柴米

日子就能踏踏实实

灵魂飞扬依仗诗酒

有了诗酒

生活才会甜甜蜜蜜

光有柴米

只见烟火气息

光有诗酒

只见性情灵犀

没有柴米

生活就没有品质

没有诗酒

灵魂就没有根基

没人欣赏你

你只能努力挣更多的柴米

没人读懂你

你只能凭借诗酒安抚自己

柴米加进浪漫就是诗酒

诗酒兑入清水就是柴米

柴米常常取代诗酒

诗酒往往难敌柴米

2020 年 4 月 24 日

诗在远方

在心里点亮一盏明灯
夜幕只会在你的身边徘徊
在胸中安放一块丰碑
杂念永远止于你的耳外
选定方向就必须不畏浮云
认定目标就应当初心不改
诗在远方
怎能不穿越大海
高至无我
哪里会染上尘埃
参天大树
敢说任尔东南西北风
中流砥柱
何惧万里长江滚滚来

2019 年 9 月 19 日

烹调与吟诗

厨师烹调

选择最新鲜的蔬菜做原料

油盐酱醋姜糖搭配恰当

葱蒜辣椒八角味精等作料应有尽有

取最佳的烹制方法

取最佳的火候技巧

烹制出一道色香味俱全的菜

诗人吟诵

选择最湿润的方块字做原料

排列组合井井有条

分行间隔修辞标点等配置应有尽有

用最佳的节奏韵律

用最佳的手法情调

吟诵出一首思无邪完美的诗稿

没有食材烹制不出佳肴
没有思想吟诵不出诗稿
有人盐多油少
把菜炒煳了
有人情枯思竭
把诗吟歪了
看似道理相同
实则奥妙不同
用烹调的方法吟诗
可以吟出好诗
用吟诗的方法烹调
很难烹出佳肴
很多食客都能咀嚼出菜肴的品质
不少诗人不能品鉴出诗歌的味道

2019 年 9 月 25 日

现　状

春天万物复苏
枝繁叶茂绿得大家心慌窒息
再旺盛的生命也会在秋风中枯萎
转眼间就销声匿迹
四季常绿只是一个梦想
再好的梦想都会破灭
就像时下的诗人
没谁能够长久占据大众的视野

春天百花绽放
香嫩玉润艳得众人目不暇接
再亮丽的感觉也会在淫雨中凋谢
转瞬间就烟消云散
终生争艳只是一个心愿
再好的心愿都会失忆

就像时下的诗作
没有能够永久驻扎在大家的心里

诗人太多太平常
没有人刻意亲近诗人一步
诗作太多太普遍
没有人特别铭记诗作一句

2020 年 6 月 1 日

一无所有与拥有无数

一无所有的人
不在乎再度失去
失去习以为常
获得将惊喜不已

拥有无数的人
仍然极度渴望获得
获得理所当然
失去会痛彻心扉

失去的感觉越淡定
心中越平和
获得的渴望越强烈
心中越痛苦

一无所有

但乐趣永远唾手可得

拥有无数

但忧虑始终挥之不去

2019 年 11 月 14 日

时代中的个体

春潮涌动
遍地草木依潮生息
没有一粒种子能够酣睡安逸
夏洪暴发
坡上巨石随洪奔泻
没有一粒沙砾能够坚守不移
秋风劲吹
成片芦苇随风倒伏
没有一株茎秆能够挺直站立
冬雪飘飞
许多矿藏被雪掩埋
没有一粒金子能够闪光夺目
个体属于时代的微尘
无论落到什么地方
都难以留下清晰的印迹

2022 年 1 月 1 日

走着走着

走了走了
走着走着

走着走着
清晨的渴望就冷却了
走着走着
朝阳的梦寐就胆寒了
走着走着
青春的宣言就模糊了
走着走着
岁月的企盼就萎缩了
走着走着
伙伴的呼唤就失落了
走着走着
朋友的问候就生锈了

走着走着

近邻的关照就稀释了

走着走着

亲人的牵挂就熔断了

走着走着

心中的憧憬就褪色了

走着走着

身边的纠结就风化了

走着走着

天国的惦念就袭来了

走着走着

时钟的脉动就停摆了

走着走着

走了走了

2021 年 2 月 15 日

慷慨的结果

你寻到了桃源
你开辟了桃园
满园的桃树
是你的日月华年
满树的桃子
是你的心血画卷
没有你就没有桃林
没有你就没有桃园
但这是过去
今后又是一个局面
桃花不一定归你赏玩
桃子不一定是你的产权
你公布了桃源的路径
你从此将不再享有桃园

2020 年 5 月 22 日

风吹雨打

有时风一吹
挺拔的大树也会摇来晃去
有时雨一打
平坦的道路也会坑坑洼洼
人若猫着腰行走在风里
挺直的脊梁就会弯弯曲曲
人若低着头徒步在路上
清醒的意识就会晕晕乎乎
经不住风吹雨打
是因为血肉里缺少盐铁
不能够昂首挺胸
是因为灵魂里没有筋骨
只有任凭风吹雨打
都能始终站稳立正
笔直的道理才不会弯曲
坚定的信念才不会零落

2019 年 9 月 23 日

鸟与笼子

虽然有风亦有雨
鸟儿栖身山林很辛苦
但不管生存有多艰险
自由才是鸟儿最大乐趣

没有鸟儿天生喜欢笼子
但不小心就会误入笼子
有些鸟儿很快习惯笼子
有些鸟儿到死都不接受主人呵护

绝大多数笼中之鸟
都希望早日挣脱樊篱
也有少数笼中之鸟
从此不愿再离开笼子

有的时候

你感觉很痛楚

别人觉得很惬意

有的时候

你不惜生命苦苦坚持

别人早已不屑一顾地放弃

2019 年 10 月 19 日

来　去

每个人都要来世上走一趟
走一趟当然要带来什么
究竟带来了什么
你自己也许并不知道
但有人以为是一切

每个人最终都要离去
离去当然得带走什么
究竟该带走什么
你自己也许并不知道
但有人以为是一切

每个人离去都会依依不舍
离去当然得留下什么
究竟该留下什么

别人也许并不知道
但你自以为是一切

带来什么
带走什么
留下什么
绝大多数人是同一个答案:竹篮

2019 年 10 月 5 日

洪　水

从高处往低处奔流

是自然规律赋予我的自由

从窄处向宽处伸展

是个性习惯赋予我的追求

我本就低调

但常被架上高楼

我一不小心摔碎

难免咆哮怒吼

我喜欢悠游

但常遭禁锢

我一不注意跌倒

可能山摇地抖

我适应不了人为的约束

爆发拥有更多的理由

疏导消解块垒

围堵养肥困兽
你执意违背天理
我最终无法承受
企盼风平浪静
全在未雨绸缪

2020 年 7 月 18 日

忠　告

你已掠取众多鲜花
增加或者减少都没有实在意义
你视百花园为自己天下
占据众人资源凸显个人价值

别人获取一朵鲜花幸福一辈子
快乐的宗旨是适可而止
天下都归你也满足不了心理
掠取的结局是灰飞烟灭

天下是大家的天下
面对大家不可忘乎所以
克己是最佳选择
放弃是最大收益

2021 年 6 月 15 日

自　由

前面大批返回的人非常坚定：
"前路不通，大家都回吧！"
道上正在前行的一些人开始犹豫：
"停止前进，我们也回吧！"
一个坚持冲到终点的孩子非常自信：
"前头只有一道薄薄的隔墙，
伸手就可以推倒，
你们都跟着我继续前进吧！"

2022 年 4 月 9 日

挽　救

自从你爱上美酒
每天都在云里雾里
酩酊大醉是最美滋味
翩翩起舞是最好兴致
周游在梦里
风从雨随
在梦中放歌
月明花媚
上苍已经震怒不已
给你一记耳光响彻云际
不光把你从梦中扯回现实
还实实在在挽救了你
早早醒来
好自为之

2020 年 2 月 11 日

上帝的心思

天渐渐黑了下来
人们陆续安然入梦
始终忙于洗濯灵魂的上帝
忘记了一天的劳顿
待在暗中笑得很温馨
夜静默得瘆人
血液流动是最大的响声
我只能睁大眼睛
坚持等待明朝旭日东升
上帝窥视到我不像失眠
开始对我很不放心
他可能担忧我的心跳
会把大家的好梦惊醒

2020 年 8 月 27 日

我们不一样
——给一位过去的朋友

我们不一样
你喜欢披着自己光鲜的衣装
博得热闹看客的廉价赞扬
你喜欢推介自己微小的伤疤
赚取伪善道士的肤浅泪光

我们不一样
我喜欢遮掩自己华丽的鳞光
不让我的气场令表演者抓狂
我喜欢独自舔舐我的伤口
不让我的痛苦被得意者欣赏

我们不一样
我不小心轻轻碰你一下

你都会保持痛苦状
你处心积虑刺我一刀
我转面就会瞬间遗忘
你活在别人的眼中
我活在自己的心上

2019 年 1 月 29 日

我的回答

我已等候良久
等你过来并肩携手
你若放歌
我愿起舞伴奏
你若踏浪
我当临风把酒
但始终不见你的影子
我决定放弃守候
没有你
太阳依然每天热忱满怀
没有你
月亮依然每晚暗香盈袖
没有你
鸟语依然每天清亮婉转
没有你

花香依然每天芬芳四溢

青春不老
只有时光倒流
情怀不贰
只有梦寐以求
没有你
我依然是舞姿翩翩
没有你
我依然是神韵悠悠
你现在虽然众星捧月
但舞台总有落幕的时候
你眼前虽然一马平川
但道路总有尽头
你有你的天地
我有我的气候
你走你的路
我行我的舟
你有灿烂星空仰望
我有壮丽山川浮游
你可以思接古今
我能够视通宇宙

你巧遇天时

尽情逸兴遄飞

我穷阻命途

仍当修炼春秋

别陶醉于你的青春焕发

那是无数的柴薪燃红了你的锦绣

别无视我的热血沸腾

我没有为他人浪费我生命的理由

贾谊屈居长沙郡

青史彪炳缘歉疚

徐儒下榻豫章府

龙光犀利射牛斗

明星太在乎掌声

贤士只珍重朋友

人各有志

天道同酬

你虽精彩于身前

我将荣光于身后

2021 年 1 月 27 日初稿

2021 年 2 月 2 日修改

关于说话

有人天天说
说个不停
不愿听也得听
不想听也得听
听说是义务
听说就是诚服听命

有人听了就想说
想说无人批准
说了没有听众
说了没有声音
说话是权利
说话能够安身立命

有人越说越想说

因为说了有人听

有人越听越想听

因为听说是一项本领

2020 年 12 月 30 日

天地追悟

尘世内涵

一日三餐
从早到晚
一月阴晴
由缺而圆

一年四季
春忙冬闲
一生来去
始聚终散

生活尘世
普通平凡
尘世生活
贫富甜淡

安于尘世
心有不甘
超越尘世
举步维艰

尘世人生
简简单单
人生尘世
平平安安

2019 年 8 月 5 日

当今人际

一丝轻风
十年信任
就会荡然无存

一粒灰尘
十年友情
就会匿迹销声

一个眼神
永世牵挂
就会离析分崩

一息动静
终生依赖
就会雨打浮萍

理解越来越脆弱

天堂越来越孤清

2022 年 1 月 20 日

最后时刻

最后一朵鲜花因雨零落

意味着一段青春从此远逝

最后一枚熟果被人摘取

意味着一种长久牵挂从此消失

最后一片黄叶被风吹落

意味着一个温馨世界从此终止

最后一截枯枝被雪压折

意味着一腔滚烫热忱从此淡漠

最后时刻

自己没有记忆

最后时刻

别人何须记起

万事万物都要归于最后时刻

所有最后时刻都是重新开始

瞬息也是永恒

永恒还是瞬息

2021 年 1 月 4 日

读《庄子》

鲲生北冥

化而为鸟

怒而飞

扬三千里波涛

乐而腾

抟九万里扶摇

远山为之颤抖

大海为之咆哮

盘古寿千年

天地永不老

阴阳轮回

修德成道

惊天动地

未必最妙

我自清净

独享逍遥

日升东方
月落西域
运而返
光芒烁千古
行而复
草木自荣枯
风雨自来自去
霜雪自欢自娱
晓梦生彩翼
云水出画图
潮涨潮落
兴废有序
平生快慰
池畔观鱼
我自无为
独享丰裕

2020 年 10 月 9 日

过　程

从前世走进今生
是一个美丽的神话
从今生走进来世
是一个玄妙的传奇
从地上走到地下
是一个简单的轮回
从烟火走到纸上
是一个复杂的升华
开始源于别人
记忆中了无痕迹
结局源于自己
回味里满是叹息
只有曲折的过程被后世镌诸石上
你的生命才能显示出历史的价值

2019 年 11 月 11 日

你是你心中的自己

你是蚂蚁眼里的参天大树
高大威仪
蚂蚁从心底敬仰你

你是大象眼里的纤细草芥
微小孱弱
大象从来没有注视你

你不是参天大树
别把他人看作蚂蚁无力
你也不是纤细草芥
别把他人视为大象无极

你不能是别人眼中的你
你首先是你心中的自己

安身贵在知人人知

立命更须知己自知

2020 年 9 月 8 日

世界需要透明透亮

世界是所有人的世界
世界是所有人的家园
世界应当透明透亮
世界需要阳光灿烂
往来应当明明白白
秘密太多
大海就会扬起巨澜
交流应当坦坦荡荡
谎言太多
苍天就会落泪唱叹
再大的阻碍都该被粉碎
再浓的雾霾都得被驱散
来龙去脉要一清二楚
原因结果要经得起时间检验
敢讲真话生命才高尚庄严

坦诚面对历史才不会蒙冤

对自己负责

为社会承担

该说则说

该言必言

沉默不是保全自己的最佳选择

天塌下来没有一个人可以幸免

只有大家安心

天下才能安然

只有大家安宁

社会才能安全

每个人都有同一个心愿

每个人都在共同祈盼

明早的阳光仍旧温暖

明早的天空依然蔚蓝

2020 年 2 月 10 日

大　象

一头懵懂年幼的大象
闯进无边的草原自由徜徉
曾经一脚踏死偷袭它的野狼
内心的自信因之无限高涨
大象于是在雪地构筑梦想
以天为房
以地为床
从此引领时空风向
一头狮子死死盯住了大象
一群野狼悄悄逼近了大象
大象觉得自己足够大
所有危险都是微波细浪
发现者个个都在纠结不下
不知道大象的结局有多悲壮
大象酣然于甜美的梦乡
谁能击打出惊醒它的绝响

2020 年 4 月 12 日

进入角色

你很快就进入了角色
你已不再是你自己
你并不是最好的角色
但角色已是最好的你
你一直占据舞台中央
你一直控制观众情绪
你一直在舞台上淋漓尽致
你一直在舞台上随心所欲
你一直沉醉于自由任性中
你一直陶醉在呼风唤雨里
但你别忘了演出总要结束
你如何从角色里回到现实

2019 年 11 月 6 日

终　局

终于拼得一竿细竹

紧紧握住牢牢握住

任性地挥来挥去

肆意地挥来挥去

挥出心中的快慰

挥出心中的惬意

飘在云里

浮在雾里

天在发际

地在脚底

整个世界都被攥在手里

所有感觉都如梦里

很多人最终醒来

惊诧身边立起了四块竹篱

2019 年 11 月 4 日

演　出

才艺收藏太久可能发霉
抓住展示的机会属于本能
长期修炼
精心准备
只为几下并非发自内心的掌声
心中暖暖一个晚上
第二天一切都归于平静
别人记忆中没有任何痕迹
自己心上烙印却很深很深
有时自己倍加看重的价值
只是个人瞬间小小的心灵感应

2019 年 9 月 9 日

目击者

邪恶正在恣意蹂躏正义
正义正在与邪恶拼死博弈
你确实看到了
看得很清晰很仔细
你确实听见了
听得很直接很真切
你确实感觉了
感受很深刻很特别

面对邪恶你选择沉默
你没有制止
你没有劝阻
你没有皱眉
最终清晰的事实成为悬疑

面对正义你选择回避
你没有援助
你没有支持
你没有抚慰
最终鲜活的真相成了秘密

你的伙伴已是一个庞大的群体
你们的淡定正疯狂吞噬人类的良知
温馨的阳光常常被你们的冷漠冻僵
永恒的真理已纷纷躺进荒凉的墓地
麻木远远胜于纵恶和作恶
历史将因你们蒙受难言的羞耻

2020 年 4 月 18 日

猫的哲学

猫自幼把天下老虎都看作猫

猫最终浴火重生为绝世老虎

猫成为老虎历经艰难曲折

猫成为老虎是猫看穿了所有老虎

猫鼓动大群老虎冲进绝地厮杀

猫在关键时刻救出许多老虎

九死中脱险的老虎个个自视为猫

猫从此成为老虎心中唯一的老虎

老虎心甘情愿受制于猫

猫从此得心应手驾驭老虎

老虎从没有能力怀疑猫

猫时时刻刻都在提防老虎

老虎是虎已不是虎而是猫

猫是猫已不是猫而是老虎

猫视老虎为猫纵横捭阖

老虎视猫为老虎亦步亦趋

猫借力于老虎的内耗

老虎陷落于猫的洞悉

猫进化为老虎千年不遇

老虎退化为猫轻而易举

猫靠智略运筹帷幄

老虎用势能震撼一隅

猫的哲学博大精深

已被老虎们尊奉为最佳教科书

2021 年 9 月 11 日

肯定与否定

你挖得一棵千年人参

有人说那是一根野草须

你发现一棵硕大的何首乌

有人说那是一棵水萝卜

你采来一块璞玉

有人说那是一块冻硬的黄土

你炼成一粒真金

有人说那是一粒平常的沙砾

有人以拿捏别人的命运为乐趣

你再多的付出都没有丝毫意义

只有自己主宰自己的命运

你的价值才能发挥到极致

你的表现即使几近完美

仍旧有人刻意否定你

你的人生纵然不尽如人意

但你也要百分之百肯定自己
事实证明
是金子不一定能发光
发光的大都不是金子
人生应当拥有自我欣赏的勇气
你完全可以高声呼喊——我是唯一

2019 年 8 月 10 日

心　悟

天亮了

我们的心情不能留在黑夜里

天黑了

我们的心里要保持亮堂

天晴了

我们的心情不能留在阴雨里

天阴了

我们的心里要保持晴朗

心静了

地动山摇也会安然无恙

心动了

轻风波微也是狂飙巨浪

心大了

世界在你心中跳荡

心小了

心只能随世界摇晃

2019 年 11 月 2 日

生活小悟

心若止水

再大的狂飙

也不能掀起巨澜

心若忧天

再小的微尘

也是沉重的负担

心若无私

再大的利诱

都是枉然

心若贪求

再小的许诺

都会惦念

心若磐石

再大的纷扰

仍旧安然

心若草芥

再小的微风

都会震颤

心若真诚

再大的纠葛

都会云散

心若虚伪

再小的误会

都能爆燃

只有心神合一

每天才会舒舒坦坦

2019 年 11 月 1 日

过 河

这里与那里隔着一条河
从这里到那里需要蹚过一条河
山这边的人非常向往山那边的世界
从山这边到山那边需要蹚过一条河
内心与心外隔着一条河
从内心到心外需要蹚过一条河
现实与理想隔着一条河
从现实到理想需要蹚过一条河
古代与今天隔着一条河
有人开了摸着石头通过的先河
有人在河上建造了一座大桥
只有几个年轻人从桥上过河
很多老人认定大桥很不牢固
始终觉得摸着石头才能放心过河
唯有跨过历史经验这条古老的大河
人类才能真正扬帆自由理想之河

2022 年 5 月 16 日

日月怀想

青春不再时

青春不再时
我们开始无限怀念青春岁月
青春不再时
我们从此真正认知青春价值
最美的春光都已随风消逝
最美的芳华都已被雨稀释
最美的记忆没有镌下深沉的印迹
最美的素材没有嵌进珍贵的玉石
蓦然回首青春已经不再
我们只好死死揪住青春的尾翼
无奈青春太绝情
远离的速度风驰电掣
尽管我们悲伤流泪痛彻心扉
但她已没有丝毫留恋我们的意思
因为先前我们没有好好珍惜她

她已绝对不再给留给我们任何余地
我们辜负了青春
我们理所当然失去了挽回的机会
青春不再时
我们才知道此生真的对不起我们自己

2019 年 8 月 12 日初稿
2020 年 3 月 18 日修改

心中自己

再巍峨的山峰
只要你不仰望它
它在你的心里就没有高度

再浩瀚的大海
只要你不敬畏它
它在你的心里就没有气势

再矮小的身躯
只要你不弯腰
你在别人的心里就有位置

再卑微的声音
只要你不苟且
你在别人的心里就有痕迹

心中有自己

别人心中才有你

2019 年 11 月 3 日

元　旦

所有的结束

只为一个新的开始

而所有的开始

并非为了一个结束

元旦，就是一个结束

元旦，更是一个开始

人生，总会有结束

日月，终将要开始

结束连着开始

开始走向结束

希望结束路上

安详平坦花香四溢

期盼开始途中

好梦悠扬风和日丽

省略过程的艰辛

因为我们已经结束
忽视过程的风险
因为我们终将开始
元旦,我们虽面对结束
元旦,我们再度开始

2019 年 12 月 31 日

春 殇

心头还没拂去严冬的寒意
春天就直奔我们的眼底
舌尖还没品味朝晖的魅力
春天就远离我们的视野
神采飞扬只一瞬
芳菲袭人只一时
转眼落英缤纷
回首霓裳委地
精彩没有永恒
芳华从无极致
完美唯有假设
最好都是记忆
千娇百媚
短暂的欣悦随时枯竭
玉殒香消

诀别的背影渐远渐逝

视而不见

是当下群体的最佳抉择

感同身受

是我个人今生的专利

慰藉惊鸿

呵护婵娟

于情于理我都义不容辞

于天于地我都无愧无悔

身边寻找不到干净的风水宝地

可供香灵馨魂们永久安息

我只能送她们与黛玉相伴相依

因为最圣洁的黛玉墓地

始终珍藏在我的心里

2020 年 4 月 19 日

旭日与夕阳

旭日总是在众人的期盼下
懒洋洋地爬上树梢
世间无数个梦想冉冉升起
夜色迅速销声匿迹

夕阳很想在树枝多挂一会儿
但它还是掉入山涧
夜色迅速聚拢过来
回家的路再次遥远

万事没有永恒
所有的永恒都是历史长河的瞬间
世界没有完美
所谓的完美都伴随着遗憾

2019 年 10 月 27 日

喧闹的孤独

一路走来
人流如潮
身边挤满了陌生的眼神
胸中淤积了巨大的问号
语声喧闹
听不到熟悉亲切的腔调
故人的问候越来越稀少
风景优美
看不到温馨感人的画面
故乡的模样越来越缥缈
春光远逝
白雪飘飘
夕阳西下
炊烟袅袅
茕茕孑立

形影相吊

心思浮游风中

没有归根渠道

何去何从

天地也无从知晓

2021 年 1 月 16 日

西湖断桥诠释

西湖断桥没断,其实桥早就断了
谁也不知道断了多少个世纪
古往今来断了无数座桥
无数座断桥都演绎了许仙白娘子的传奇
断在法海的残暴里
断在雷峰塔基座里
断在恋人的拥抱里
断在亲人的心坎里
断在世人的情怀里
断在后人的梦呓里
断在唐诗宋词里
断在越剧黄梅里
断在意象写意里
断在想象联想里
断在晓风残月里

断在寒蝉凉雾里
断在秋雨晨霜里
断在失魂落魄里

西湖断桥完好,其实断桥从来没断
断了的只是永恒的真爱记忆
断桥不能断
断了许仙白娘子就远离了重逢的话题
断了的爱可以再生
断了的情可以再遇
断了的缘可以再续
断了的路可以再开
断了的桥可以再砌
断了的线可以再接
断了的意可以再固
断了的念可以再立
断了的运可以再济
断了的梦可以再圆
断了的愿可以再许

西湖的断桥已断
早该断了禁锢人们心愿的清规戒律
西湖断桥不断
不该断了生活中醇美的情谊

125

世间欲望之桥该断
断了就没有是非争议
人类爱情之桥该连
连了才能彰显爱的真谛
断桥只能是一个虚拟的故事
爱的旅程中不能留下断桥的痕迹

2020 年 9 月 13 日

爱你与爱我

我确定我爱你
我深爱着你
但我始终没有流露出我的心思
我只在心底珍藏爱你的秘密

我不确定你是否爱我
是否深爱着我
我一直琢磨不透你的心思
爱与不爱都是你的选择

我不曾对你表白
我怕表白会伤着我自己
你不曾对我表白
你若表白不必担心伤着你

我爱你在心里
你无法拒绝
你若爱我在心里
我当然不会拒绝

我无从知道你爱不爱我
但我仍然一如既往爱你
我爱你是我的个人自由
没有人能剥夺我爱别人的权利

2019 年 8 月 14 日

多年后的回答

读书的时候
我们经常相约散步谈心
我一直选择笔直的大道
通畅光明
她始终选择弯曲的小径
幽深僻静
我一直充满疑惑
她始终叫我猜猜原因
多年后同学会上重逢
她的回答令我吃惊——
直来直往是友谊
弯弯曲曲是爱情

2021 年 10 月 5 日

我想告诉你

你若还没有寻觅到明确的方向
我依然坚守故园等你回来畅想
你若还没有收获到满意的诗行
我依然在你的归途上点满灯光
你若还没有构筑好安梦的殿堂
我依然挺起胸膛为你展翅飞翔
你若还在犹豫彷徨
我依然是北斗为你导航
你若还在疲惫迷茫
我依然是战旗为你飘扬
你是风筝
我是故乡
你即使一无所有
我的心依然为你激荡

2019 年 10 月 22 日

樱　花

你恰在此时绽放
我正巧路过凝望
可能是五百年修来的缘分
你从此永驻我的心上
都怪我们前世没有约定
今生我只有多流几行泪水
来世我提前在田野等你
等你舞动春风盛装出场
你在最美时节回眸
正好有我最佳状态欣赏

2022 年 4 月 21 日

都因为几十年不曾相遇

那个古老熟悉的小村庄
已从人们的视野消逝
但她还镌刻在我的脑海里
那位漂亮美丽的大姑娘
早从我的视线远离
但她还定格在我的心坎里
那双晶亮多情的眸子
还熠熠地闪烁在我的好梦里
那串清脆悦耳的笑声
还亲切地回响在我的记忆里
都因为几十年不曾相遇
她还像花一样青春靓丽
都因为几十年不曾相遇
不见暮色
心中依然春光摇曳

未逢沧桑

前方仍旧遍地诗意

2023 年 5 月 2 日

真实的爱情

每天都必须摄取适量的碘盐
否则美好的时光就会没有滋味
每天都需要补充足够的淡水
否则娇嫩的情趣将要渐渐枯萎
偶尔加点香料
风花就会顿时明媚
糖分一旦过剩
雪月也难免疲惫
日子依赖实实在在的米面
并非琳琅满目的时蔬鲜果
未来可以畅想
生活必须面对
一辈子都能够没有浓浓的咖啡
一天都不可以缺少清清的淡水

2020 年 5 月 23 日

本　我

虽然很碍眼

但我仍然得挺起腰身

尊严无价

鱼和熊掌都愿牺牲

虽然被阻隔

但我依旧正道直行

自由无上

只能坦然接受伤痕

好梦常被击碎

碎后继续滋生好梦

山重水复

每行一步都艰辛

日月交替

每进一寸都欢欣

保持本我

唯有坚韧

2021 年 9 月 9 日

光　阴

年轻的时候

我们总觉得光阴很长很长

长得让我们根本不知道珍惜

不珍惜光阴是人生最大的损失

许多年以后

我们才明白光阴很短很短

短得一眨眼工夫就了无声息

如何留住光阴是人类没有破解的课题

逝去的光阴

神仙也无法挽回

余下的光阴

远比金子更加金贵

尽早领悟光阴内涵
青春才会创造更大价值
及时认清光阴实质
岁月之光才能更加亮丽

2019 年 8 月 9 日

木头与躯体

过去
一段冰冷的木头
经历千万年的风抚
经历千万年的雨润
才能演进为温暖的化石

现在
一具热血的躯体
经历一阵阵风袭
经历一番番雨浸
很快僵化成一颗坚硬的石子

有原则的木头
才能修炼成化石
无思想的躯体

只能萎缩成石子

多一块化石
历史就多一层深刻
多一颗石子
人间就多一份冷漠

2020 年 4 月 5 日

钉　子

钉子残忍地揳进木头的肉里
在肉里享受着极致的惬意
无法躲避的木头痛彻心扉
真的有苦说不出
揳进木头肉里的钉子的生命
等于此前钉子加木头的
岁月
只有木头腐烂成泥土
钉子才会开始销蚀
若干年以后
人们普遍忘记了木头
但大多还会记得钉子

2019 年 12 月 8 日

左手和右手

和煦的春风
抚摸每一个人的面庞
但很少人感受到春风的温柔
晴暖的阳光
照亮每一个人的视线
但很少人感受到阳光的明媚
不用心感知
一切事物都没有崭新的温度
右手紧握左手
永远不会有放电的感触

2019 年 10 月 1 日

我很痛苦

我很痛苦
我的感觉迟缓
未能恒久抓住希望的长辫
我的定力柔软
未能继续编织梦寐的花环
我的体能虚弱
未能矢志攀上理想的山巅
我的思想散漫
未能始终聚焦期盼的标杆

我很痛苦
彩虹随风消散
粉嫩的心愿不再重现
秋色已晚
冬意即将蹒跚

我很痛苦

此生背负太多遗憾

2019 年 9 月 24 日

面对没有硝烟的战争

2020 年初春

江城武汉暴发新冠疫情

病毒传播蔓延迅猛

千万人的武汉被迫隔离封城

警笛长鸣

举世震惊

北京已发出全国动员令

共同应对这场没有硝烟的战争

关键时刻白衣战士勇担重任

逆行向前冒险冲锋

前方将士在与恶魔拼命

我们怎能无动于衷

声援他们击鼓助阵

起码对得起自己良心

哪怕是直白的口号

也能鼓舞士气坚定信心

面对突如其来的强敌

举国上下需要万众一心

华夏大地需要众志成城

全力抗击才是唯一方针

路遥知马力

危难见真情

白衣战士正在奋不顾身

随时都会遭遇危险牺牲

他们不忘救死扶伤初心

他们在践行医者大爱使命

他们在与妖魔厮杀

他们在与死神争夺生命

所有人都应该理解支持

所有人都应该点赞鼓劲

战事异常吃紧

我们都在揪心

我们没有奔赴战场

那是因为不能做无谓牺牲

但不代表我们没有征战雄心

不代表我们没有报国激情

只要战争需要

我们时刻准备冲锋陷阵

我们直面苦难感同身受

我们呼喊助阵完全发自内心
我们不会为标榜自己见识高远
而选择谨言慎行
我们不会怕人嘲讽文字枯燥
而选择止步噤声
猛士也需要慰藉祈福
英雄也需要擂鼓壮行
即使是再微弱的声音
也是真实行动
即使是再贫乏的语言
也远远胜于麻木不仁
干渴之时
白开水也能润嗓提神
困厄之中
呼叫也是绝地反攻的号音
任何时候
都要心系广大民众
直接永比间接好接受
直白远比含蓄受欢迎
再沙哑的歌喉
都胜过长久的沉默无声
再跑调的音符
都胜过字正腔圆的美声
何来讨好上司

何来浪得功名

我们就是普通市民

重赏记功早已都是浮云

何故扣上"新冠派诗人"恶名

何故横眉竖眼冷嘲热讽

抗击新冠是一场殊死战争

华夏儿女都应发出吼声

战争不需要高尚的象征

战场不需要虚伪的悲悯

战斗不需要"现代派"的深沉

战士没有时间玩味所谓的"高雅"意境

虽有提前思考二十年的洞察力

但不能应对眼前的艰难困境

虽有宇宙一样庞大的心胸

但不如真切关爱一株小草的生命

虽有拯救全人类的梦想

但不如主动问候一声暖心

沉默不语不是时代标杆

袖手旁观不是现代文明

征战需要热血沸腾

危城拒绝冷血清高

我们不是"新冠派诗人"

我们愿做抗击疫情的后方士兵

我们为抗击疫情呼喊助威

完全发自肺腑一片赤诚
我们对全面打赢抗击疫情阻击战
绝对充满信心
苍天在上
它会为我们做证

2020 年 2 月 5 日

武汉，挺住！没有迈不过去的坎

庚子年春节之前

华夏到处喜庆祥瑞阳光灿烂

谁料江城武汉暴发新型冠状病毒性肺炎

东西南北一时阴云弥漫

千年巨灾突袭武汉

疫情迅猛传播扩散

中华民族突遇关键时刻

被迫万众一心背水一战

病毒肆意入侵人们肌体

恶魔残酷蹂躏生命疯狂蔓延

很多人惊惧万状不知所措

陷入前所未有的恐慌焦虑泥潭

当务之急全面阻断疫情

举国上下同心协力

伸出援手力挺武汉

抗击疫情力挽狂澜

死于安乐

生于忧患

考验我们的时刻到了

每个人都应坚硬如磐

五千年风吹雨打

中华民族早已千锤百炼

新冠病毒异常狡猾

面目狰狞肆虐人间

挑战人类的判断能力

挑战人类的认知底线

挑战人类的警醒意识

挑战人类的应对极限

挑战人类的顽强意志

挑战人类的坚定信念

面对疫情众志成城

坚决彻底消灭新冠

打赢这场防疫之战

我们有信心有能力交上完美答卷

虽然这场硬仗没有硝烟

虽然这场硬仗曲折艰难

但所有人都在怒吼

前进！前进！消灭新冠

一支又一支医疗队

千里奔驰增援武汉

白衣战士冲锋陷阵

勇往直前力抗新冠

一批又一批物资

源源不断运往武汉

有国家做坚强后盾

何惧妖魔新冠

援助武汉义不容辞

义不容辞援助武汉

武汉并非孤军奋战

四面八方都在全力增援

武汉与全国人民心心相印

全国人民与武汉血脉相连

危难见真情

携手克时艰

大爱无疆

排除万难

五千年中华经历了无数次灾难

每次我们都相信人定胜天

参透自然规律

最终河清海晏

新冠风险虽然前所未有

中华民族向来忠肝义胆

天塌下来有民族脊梁承担

地陷下去有中华精神平填

再雄的关隘也能攻下

再崎的险路也将平坦

再大的苦难都是暂时

再凶的疫情都会烟消云散

新冠小考验

自信高于天

沉着敢应战

击败新冠若等闲

抗击加防控

歼灭新冠指日间

武汉胜利

中华平安

武汉胜利

地朗天蓝

武汉,困境只在眼前

武汉,没有迈不过去的坎

武汉,挺住

挺住,武汉

没有迈不过去的坎

没有迈不过去的坎

2020 年 1 月 31 日初稿
2020 年 2 月 1 日修改

送滁州首批十名白衣战士出征武汉

己亥年与庚子年交替之前

新型冠状病毒疯狂肆虐武汉

武汉被迫关闭出入通道

打响隔离抗击疫情殊死一战

千年不遇

空前劫难

疫情就是命令

防控就是责任

生命重于泰山

举国上下众志成城

阻断病毒传播决战武汉

大哥江城遭恶魔突袭

小弟亭城不忍袖手旁观

疫情是没有硝烟的战场

皖东十名白衣战士毅然出征武汉

停休假别亲人

践使命立誓言

关键时刻敢于挺身而出

不愧为时代楷模英雄好汉

路见恶魔别无选择

主动请缨英勇奋战冲锋在前

不怕牺牲无所畏惧

白衣战士气冲霄汉

武汉兄弟欢迎你们

滁州姐妹为你们点赞

面对疫情矢志担当

捍卫生命尊严义薄云天

帮助武汉就是帮助滁州

滁州与武汉人民心心相连

一方有难

八方支援

天无情义

人有温暖

初心不改

坚定信念

牢记使命

重任在肩

你们捎去滁州人民的美好心愿

滁州人民企盼你们一路平安

向你们致敬

我们全力做好你们后援

向你们致敬

我们力挺你们奋战一线

向你们致敬

我们期盼你们捷报频传

向你们致敬

我们等待你们早日凯旋

2020 年 1 月 27 日

壮哉！明光白衣战士

新春佳节喜气洋洋

江城武汉突遭恶魔重创

新型冠状病毒性肺炎张牙舞爪

肆意损害人民身体健康

武汉危急，湖北危急

中华大地恐慌疯长

武汉封城，举国阻击

抗击新冠集结号骤然吹响

增援武汉义不容辞

明光白衣战士奋起担当

没有犹豫无所畏惧

毅然踏上武汉抗疫战场

雄心勃勃

意气洋洋

关键时刻行动代表一切

冲锋在前永远比豪言壮语高尚

你们肩负明光人民重托

挺在前面就是战将

战胜疫情,战胜强敌

没有退路,绝无商量

两军对垒勇者胜

猛士争战敌胆丧

沉着又勇毅

善拼更顽强

杀敌为报国

救死还扶伤

壮哉！明光白衣战士

你们大爱无疆

壮哉！明光白衣战士

你们神武气壮

切实保护好自己

坚决打赢抗击新冠硬仗

全力救助患者,尽显华夏良医形象

击败新冠多做贡献

明光因你们美名远扬

前方抗疫情

身后有明光

胜利归来日

家乡更荣光

鲜花献英雄

人民学榜样

向你们致敬

为你们鼓掌

向你们致敬

为你们歌唱

2020 年 2 月 3 日

采 摘

树上的果子很青涩
已经有人开始采摘
我想等果子成熟时再来
不知道有没有采摘机会
采摘应当恰到好处
但人生难有最佳选择
青果不可能让人满意
但熟果不一定等你采摘

2019 年 9 月 16 日

失 误

经常只隔着几寸温馨的空气
经常只隔着两层薄薄的纤维
经常只隔着两层暖暖的脂质
意念的密切不容怀疑
经过我长期模拟演习
发现你的脚步早偏离了轨迹
即使形影重叠
即使血液交融
心思依旧相距十万八千里
以前都是我的愚拙
过去的蛛丝需要重新审视
毕竟一次失误可以原谅
一生失误不可饶恕

2020 年 4 月 17 日

向往雪域

人迹罕至的雪域
茫茫高原
寂寞千年
生命禁区
如今却是人们的神圣眷念

人流如潮的都市
煌煌画卷
繁盛璀璨
追梦摇篮
如今却是人们的情感荒原

抛却过去
到哪儿寻找生命的庄严
回归自然

早成无法企及的心愿

向往雪域

已是灵魂深处的一种渴盼

2019 年 10 月 15 日

选择的结局

别以为从来都是鞋子适合脚
须知鞋子早已固定了方向
赤脚当然是个不错的选项
但要持续面对荆棘沙砾,忍受血泡老膒
穿鞋的浩浩荡荡
赤脚的斗志昂扬
最终你会惊异地发现
赤脚与穿鞋的结局一个样

2019 年 9 月 1 日

后　记

　　我的第五部诗集《浮光掠影》即将付梓,这里还想啰唆几句。

　　所谓诗集,是自称的。实际上,对于分行的文字习作能不能称为诗,我的心中还是没底的。

　　年轻的时候,听说过"六艺":风、雅、颂、赋、比、兴,听说过"《诗》三百,一言以蔽之,曰:'思无邪'",听说过"《诗》可以兴,可以观,可以群,可以怨",听说过文约、辞微,听说过"其称文小而其指极大,举类迩而见义远",听说过"纡迴断续,《骚》之体也;讽喻哀伤,《骚》之用也;深远优柔,《骚》之格也;宏肆典丽,《骚》之词也",后来还听说过象征、现代、朦胧、魔幻等等,听说过跳跃、超常、隐喻、禅意等等,但都是雾里看花、水中望月、隔帘观戏,依稀缥缈,仅见皮毛而已,犹如盲人摸象。听说不等于知晓,知晓不等于领悟,领悟不等于实践。毕竟"纸上得来终觉浅,绝知此事要躬行"。

应当承认,我并不懂诗,将分行的文字称为诗歌,我很是不安。

做人首先应当有自知之明。当一个人处于喧嚣的尘世、芜杂的时境,缺少形象的思考洞察能力,缺少新潮的思辨透析能力,缺少深远的思悟感知能力,才疏学浅,神倦情迷,势微力弱,谋迩虑近,当然不适合写诗。但有时景要借,情要抒,物要托,志要言,又不自量力,只能蜻蜓点水,浮光掠影了。

雨随云来,雪随风至,自然之道也;情随事迁,意随境变,人生之理也。写诗的道理早有人阐明:"汝果欲学诗,功夫在诗外。"只不过我的诗内功夫不到家,诗外功夫也远远不到家,所以我的一位著名纯文学刊物主编朋友曾当面建议我不要再写诗了。真良言也!

我犹豫起来,今后还写不写这些分行的文字,我自己也不是很清楚。继续随心所欲,随意而行,继续浮光掠影,也未尝不可。虽然诗情平直,诗意寡淡,但不改"发乎心,止乎礼"之初衷,浅白之中坚持情意真实真切真诚真挚,也许能赢得一二知己的认同。倘如此,也知足了。

诗集《浮光掠影》收入诗歌习作近百首,分为"故园回望""世路俯仰""天地追悟""日月怀想"四个部分,源于作家、评论家薛守忠先生的建议和启发,在此深表感谢!

安徽文艺出版社编辑张磊在诗集《浮光掠影》的出版上付出了许多艰辛努力,在此真诚地说声谢谢!

2023 年 10 月 26 日于办公室